KB202164

현대시세계 시인선 168

세상 바깥에 앉아 창문하기

세상 바깥에 앉아 창문하기

도서출판 북인

시인의 말

자주 넘어지며
간신히 붙들고 온 시詩, 끝내
손을 놓지 않아 다행이다

다시 서랍을 열고
바닥에 잠긴 깊은 잠을 깨운다
기지개켜며 일어나는 글 조각들이 수런거린다
기약 없이 묶여 있던 침묵을 풀고
가볍게 날아서 흩어질 시간이다

더없이 적당한 이 기회에
나의 글벗, 가족과 아이들에게 식지 않는
'사랑한다는 말'도 전할 수 있음에 감사드리며

2024년 9월

차례

2부

3부

4부

1부

간격

갑자기 비가 쏟아지는데
우산 들고 서둘러 가도 이미
너는 자박자박 빗속을 걸어갔을 텐데

제때 닿지 못하는 시간과 거리가 있다
어찌할 수 없어 다만 안절부절못하는
고스란히 마음 젖는 것 외엔 달리 방법 없는

뭐든 다 해줄 수 있을 것 같았지만
결국 마음뿐인,
해줄 수 없음으로 자주 절망한다

네게로 향한 징검다리를 건너며
수시로 미끄러지는 나는
늘 시리게 발을 적신다

포인세티아

지난해 크리스마스 즈음
트리 곁에 놓아둔 포인세티아

그 불꽃 같은 꽃잎
꺼질 줄 모르고
봄꽃들이 피어나도 여전히
한 귀퉁이에 남아
마른 입술을 축였다

더 이상 주목받지 못하는
지난 계절의 주인공
빛을 잃은 불씨 점점 사그라들어
붉은 혀들이 지워지고
침묵에 잠겼다

타오르던 꽃잎 낱장들
다이어리 갈피 속 12월에
압화로 붉게 피어 있다

오래의 틈

어느 무렵까지 거슬러가면
오래라는 말에 닿는 건지

꽤 오래된 동네의 빛바랜 집에서
길들여진 의자에 기대어
우려낸 차 한 잔과 더불어 책장을 넘기는 날들

밀미나는 속도로 덧칠되는 바깥풍경
문득 문득 낯선 무채색으로 흘러가고
밖으로 향하던 열정은 식은 찻잔에 가라앉는다

눈길 닿는 그 자리에 겹쳐 저며진
시간의 겹을 들춰내는 일에 골몰해졌다
얇은 층마다 화석처럼 박혀 있는
그리운 것 살아 움직일 듯 선명하다

등 뒤의 문고리를 잡아당겨
두텁게 누적된 시간의 틈으로 스며든다
잊혔던 것 잠들어 있는 옛 다락
먼지 속 오래된 것들과 한통속이 되어 섞일 때
저 바깥의 시간은 멈춘다

순수한 어둠

순식간에 저녁 식탁을 덮친 정전

갑자기 빛이 빠져나간 어둠은
짙은 농도로 발목을 휘감아
몽롱한 늪에 빠져들고
불빛 속에선 보이지 않던 무언가
드러나기 시작했다

한구석에 닫혀 있어 잊고 지냈던
벽장 문이 열리며 와르르 쏟아져 나오는
어둠 속의 기억 그 블랙홀로 빨려들었다

키 낮은 향초 두어 개로 불러들인
희미한 빛의 둘레에 모여
그림자들은 번졌다 뭉쳐졌다

각자 스마트폰으로 고립되지도 않고
오랜만에 별처럼 빛을 내는 눈동자로
두런두런 혹은 잠잠하게
정제되고 낯선 시간을 흘러갔다

속도를 놓아버린 채
어둠과 어둠 사이에 놓여 있는
시간의 웅덩이에 떠 있었다

도착한 새벽

오늘도 받아든
하루의 봉투를 연다

길게 갈라진 먹빛 사이로
배어나오는 빛은
한순간 어둠을 희석시키고
습기 머금은 새벽의
고유한 필체는 금세 지워진다

계절이 펼쳐지기 전
한 발 앞선 초봄의 꽃망울처럼
때론 황홀하게
혹은 지난 밤 꿈처럼 안개로 가려진
그날의 서문이
오늘이라는 빈칸 위에 앉았다

어두운 장막을 뚫고 나오는
이 경이로운 서사는
깨어난 이들의 어깨 위에
새로운 하루를 가만히 내려놓는다

토우의 계절

봄비가 내렸지
내몽골 고원의 얼었던 흙이 녹아 부서진
모래먼지, 황사의 농도 짙은

겨울 거인의 풍장,
해체된 계절의 조각들이 철새처럼
허공을 뒤덮으며 몰려와
봄이 제 빛을 잃네

갓 피어난 목련은 너무 일찍 지고
채 피지 않은 벚나무 꽃잎도 날리고
창을 코팅해버린 뿌연 먼지에
눈높이에 있던 나무마저 지워졌지
불투명한 창 너머로 하염없이 기다려보는
투명한 빗방울 투명한 하늘

저 흙먼지 속
땅바닥을 물들이는 풀빛
연둣빛 뾰족잎들 미세한 진동으로
봄의 숨결을 내뿜는 지금
황무지의 잔인한 4월이 번져오네

마루 밑

고택의 마룻바닥은
길들여진 항아리 빛깔로 숨쉰다

듬성듬성 옹이 박힌 나뭇결,
제 몸 삐걱이는 소리뿐
발소리 삼킨 마루에 달빛이 고여 있다

우주를 제 몸에 담은 나무,
그 木理(목리)로 끼워 맞춰진 마루 널
가지런한 질서를 깔고 앉는다

쓸고 닦아 반들거리는 마루
보이지 않는 그 밑바닥엔 온갖 어둠이
웅크리고 있을 것 같아 문득문득 서늘했다

검둥이와 어린 새끼들의 눈이 구슬처럼 반짝이던
마루 밑, 아끼던 책받침 머리핀 동전
그리고 무엇인지도 모를 것들이
마루판 틈새로 빠져들었다

저 컴컴한 마루 밑에는
잃어버린 기억이 살고 있다

시간의 문간방에 세들다

묵은 사진첩 속 흑백 툇마루,
눈망울 굵은 아주머니가 뽑아내던
흘러간 노래들이 걸터앉았지
갖고 싶은 게 많은 사춘기 딸은
우리 집 대청마루 책장에 꽂힌 전집
커버만 남겨둔 채 몰래 팔아치웠지

우체부가 가끔 소식을 전해주던
중동에서 돌아온 남자를 따라
떠나는 모녀의 발자국이 눈길에 피어났지

이듬해 봄, 겨울이 빠져나간 문간방에
삼륜트럭이 갓 상경한 짐보따리 몇 개 내려놓았지

한지붕 아래서 하루를 접으며
비좁은 바닥에 등을 펴던 문간방 식구들
모두 어디로 흘러갔을까

골목의 소리들 무시로 뛰어들고
바람이 쪽창을 두드리던 방

시험공부 핑계삼아 단짝과 밤새울 때
엄마가 밤참을 넣어주던 내 기억 속 방 한 칸

나는 지금 어느 시간의 문간방에
세 들어 살고 있는지

잠시 동행 중

초등학교 담장 곁
꽃보라 날리며 계절을 갈아입는
벚나무 그늘 아래서 나는
한 마리 여우가 되어
환하게 다가오는 아이를 기다린다

봄비 그친 오후
햇살 엑스레이에 드러난 잎맥
그 실핏줄 끝에 매달린 물방울이 반짝인다

잠깐 눈부시다 사라지는
순간의 색 연두, 어느새
한 칸 더 짙어진 녹색 스펙트럼

어린왕자와 함께 걸어가며 잇는 끝말잇기
보폭 따라 박음질되는 나날들
미래의 어느 날 어렴풋이 남겨질 기억이
파릇한 현재의 손을 잡고 나란히 걷고 있다
우린 지금 잠시 동행 중

5월의 이중주 D-day를 향해

짙어지는 초록 잎 틈새로
붉은 뺨 덩굴장미 나날이 늘어나고
색색의 카네이션
동네 꽃집 앞에 나와 앉은 계절

5월에 태어나 장미의 이름을 딴 아이,
곧 유월의 신부가 되어
새로운 둥지 향해 가볍게 깃을 펼치겠지

남은 꽃잎 헤아리듯
눈 뜨는 순간
날짜를 세어보는 하루

폰 화면에 D-day를 표시해놓은 딸,
송이송이 쉴 새 없이 피어나는
기억에 빠져들며 나는 뒷걸음질로
서로 다른 시간의 이중주가 연주되고 있다

구름의 테두리

눈부신 여름 하늘
흰고래 떼처럼 모여드는
구름들의 플래시몹

흘러가기도 하고
자칫 쏟아지기도 하는 구름무리
부드러운 손길 따라 순간
모양이 바뀌는 모래그림같이
유연하게 잡아주는
바깥과의 경계는 틀이 없다

종일 엮고 풀던 구름 타래
일몰이 뿌려놓은
노을빛 염료에 스며들어
변해가는 하늘의 빛으로 짙게 물든다

마음 가는 대로 정해진 틀 없이
순간마다 새로워지는
저 구름의 테두리를 베끼고 싶다

노화老花

빈집에서 혼자 밥을 먹다
떠올린 엄마의 밥상
그 식은 온기를 이제야 감지한다

일상의 속도가 더뎌지고
문득문득 어둑해질 때 겹쳐지는
당신, 쓸쓸한 꽃

혼자 그렇게 피어 있다가
향기도 빛도 닳아 소리 없이 지고
계절은 그 자리에 묶여버렸다

물감 냄새 밴 방에서 저물도록
붓을 들던 당신이
피워놓은 분홍 장미 다발
저 캔버스에 그대로 피어 있고

무심코 들여다본 거울 속엔
그즈음 당신의 시간이 진행 중인
닮은 꽃 한 송이 기울고 있다

지워진다는 일

이모가 독방에서 지워지고 있다

전화기 너머 이모는 일주일 새 더 흐릿해졌다
지난 주, 요양원으로 가게 되었다고 내게 전화한 것도 잊었다
거기선 그저 먹고, 자고, 하는 일 없이 하루를 보낸다고
자꾸 시간이 지워지고 있다고 말끝을 흐렸다

엄마와 스물도 안 된 이모 그 초보 둘이서
신생아를 목욕시키다 물에 빠트려 서로 탓하던 시절,
내 기억 이전을 들려주던 이모
시간을 거슬러 마지막까지 남는 장면이 그쯤이면 좋겠다
아무도 들려줄 수 없는 이야기들
몇 번은 더 들을 수 있게

하지만 이모는 점점 더 희미해질 일만 남았다

어린 남동생과 둘이 열병을 앓다 혼자 살아났다고 미움받던,
어려운 시절 손금이 지워지도록 식당 일을 하던,

겹겹이 포개진 설움 모두 다
그럴 수 있다면 지워져도 좋겠다

어긋나고 망가진 그림 다 지우고
아무 얼룩 없는 하얀 도화지 한 장으로 남겨질 때까지

막다른 골목

길이 접히는 곳
바람도 그 끝에서 되돌아나갔다

골목은 간간이 안을 보여주기도 했다
빨랫줄에 펄럭이는 빨래들로
담장 너머를 읽을 수 있었다

덧칠한 담벼락의 낙서도
비틀거리며 전봇대를 적시던 뒷모습도
모른 척 받아내던 그 골목

확성기에서 흘러나오는 유행가를 따라
수다가 모여들 때면 반짝 장터가 되기도 하는
골목 놀이터에서 해질녘까지 아이들은 영글었다

좁고 캄캄해진 골목에선 웅크린 두려움이
밤 고양이처럼 튀어나오기도 했고
마중나온 엄마 그림자와 나란히
하루를 풀어내던 그 골목,

쿵쿵 심장을 울리며 뛰어다니던
또각또각 가슴에 통점을 찍고 가던 낮익은
발자국을 간직한 채 시간의 모퉁이를 돌아갔다

기울어지다

휘청, 저울 한 쪽이 기울어졌다
눈치채지 못한 사이
조금씩 무게가 덜어지고 있었다

소파 한 쪽 끝에 엎드린 개
그 반대편 팔걸이에 기댄 그녀
이따금 눈이 마주칠 때면
함께 늙어가는 그들
서로의 눈동자에 고요하게 담겼다

오랜 시간, 발톱에 긁혀 벗겨지고
움푹 가라앉은 낡은 소파
그 귀퉁이의 붙박이가 되어
갈수록 늘어나며 둥글어지던 한 뭉치의 잠
허물어지는 시간을 벗어놓고
깨지 않는 꿈 한 줄기로 피어올랐다

동행의 흔적을 문신처럼 새기고
묵묵하게 그들을 안아주던 소파
노구의 한 쪽이 그만 맥없이 기울었다

2부

꽃 발자국

깎아낸 봄의 발톱이 반짝이며 떨어진다
치어 떼의 비늘 같은 연한 꽃비, 순간 눈앞이 밝아진다

흩뿌려지는 꽃잎 조각조각 떠오른 이야기
퍼즐처럼 끼워 맞추며 꽃그늘에 잠긴 오후
눈부시게 박제될 장면 한 귀퉁이에 홀린 내 뒷모습도 새겨졌다

때를 다한 것은 여지없이 허물어져 해체되고
어떤 시간의 파편은 날아와 날카롭게 박혀 오래 뽑히질 않는다

간혹 투명한 햇살에 얼핏 비치기도 하는
보이지 않는 것들의 공간, 저 허공에
촘촘한 발자국 찍는 꽃잎 따라 아득한 경계 너머를 엿본다

사소한 것들의 목록

인화해온 사진이 시간 순으로 꽂혀지는 사진첩
구슬치기, 고무줄, 땅 따먹기… 놀이가 가득한 골목
해질녘 달려가는 아이의 엄마 심부름 한 봉지
딱지처럼 접어 몰래 건네던 쪽지, 여행지에서 날아오는 엽서
동전이 바닥날 때까지 조바심 가득한 공중전화 부스

시장 한 귀퉁이에서 돌아가는 맷돌, 서서히 불붙는 연탄불
햇볕에 널어 말리는 가을걷이, 바지랑대의 풀 먹인 이불홑청
싸리 빗자루가 쓸어낸 마당에 가지런한 빗금자국
처마 끝에 매달린 투명한 고드름, 녹아 떨어지는 낙숫물
셀 수 없이 넘어간 페이지에 담긴 사소한 것들

사라진 마을처럼 기억의 심연
그 바닥에 고스란히 잠겨 있다 문득 솟아오르는
잃어버렸던 퍼즐 조각들

창문하다

포르투갈에는
창문하다janelar라는 단어가 있다
그래서일까 페소아의 『불안의 서』에는
창문턱에서 따로 하는 일 없이 물끄러미
밖을 쳐다보는 '창문하다'가 많았나 보다

유모차, 강아지, 산책, 잰걸음,
지팡이에 기댄 혹은 다양한 걸음들
날개보다 부리가 바쁜 거리의 새들
바람결 리듬 따라 춤추는 나뭇잎들

창은 자신을 통과해 들어오는 풍경을 입고
무심한 눈동자는 그걸 덧입는다

시계의 보폭에서 빠져나온 순간
유리창 너머의 시간은 낯설게 흘러가고
숨 가쁜 호흡에서 벗어나 우두커니
세상 바깥에 앉아 창문하기를 한다

숲이 되는 일

조심해, 여긴 숲이야
모든 감각을 쫑긋 세워야해
동화와 미로가 잠복해 있는 미지의 세계
그 두꺼운 책을 열고 들어서는 건
꽤 낯선 일이야

이끌리듯 들어섰지만
호기심과 두려움이 앞설 테지
그 안에 무엇을 품고 있고
또 무엇이 숨어 있는지 모르니까
발을 들이미는 순간, 내뿜는
짙은 숨결에 사로잡힐 수도 있어

열려 있지만 닫힌 공간, 그곳에
스며든 모든 그림자와 영혼까지
한데 어우러져 거대한 하나가 되는 거지

숲은 어디에나 있어
단어 끝에 붙인 '숲' 그 한 글자로
거긴 이미 무성해져

모여 있는 건 숲이라 부르잖아
어디든 깃들어봐 어느새 넓고 깊어진
나 자신을 만나게 될 테니까

혀의 뿌리

누적된 피로가 염증으로 돋았다
혀끝에서 생겨난 통증으로 말과 맛도 잃어갔다
혀의 뿌리는 어디이기에
그토록 멀리까지 감각이 퍼져가는 건지

대체로 무심하게 웅크린 채
다문 입속에 잠겨 있는 혀
꿈틀거리면 온 감각을 흔들어 깨우는
파도처럼 일렁인다

예민하고 부드러운 혀로 핥은 것은 따뜻하게 녹아내린다
소프트 아이스크림을 먹을 때처럼 말랑해지는 기분,

온몸을 구석구석 훑으며 제 발바닥까지
꼼꼼하게 몸단장을 하거나
갓 태어난 새끼의 허물을 지극하게 닦아주기도 하는 혀

깨알 같은 돌기를 다스리는 동안
물 한 모금 적시기도 쉽지 않은
도무지 닿을 수 없는 그 깊은 뿌리

벚꽃 스냅

봄의 절정이 폭발 중
흩어지는 꽃눈발 허공을 지우고
날아오를 듯 내려앉는
꽃잎 꽃송이

바람 훑고 가는 벚나무 아래
아이와 고개 젖히며 걸어가는 길
머리 어깨 손바닥 발등…
까르르 웃으며 스쳐가는
분홍 입맞춤
단 한번의 공연으로 춤을 완성한
가뿐한 발레리나

황홀하게 주워 모은 꽃잎
아이의 손끝에서 또다시 피어나
교실 뒤편 게시판에는
봄의 흔적 한 컷 붙들려 있다

다시 봄

늘 거기 있던 그늘이 사라졌다 어느 날
갑자기 휑하게 비어버린 하늘

아파트단지 내 세워둔 자동차들
진한 버찌 얼룩으로 홍역을 치르고
꽃에 취했던 봄날은 잊혀진 채
바닥에 뭉그러진 열매로 발끝은 예민해졌다

벚나무 가지들 뭉텅뭉텅 잘려나가고
발 아래 흩어진 자신의 조각 황망하게
내려다보는 나무
순식간에 베어진 자리엔 몸통과 굵은 가지
날것의 둥근 단면만 남겨졌다
열매의 시간을 견디지 못한 날선 방식
그 자리에 다시 봄날이 올까?

깨진 열매 흔적 싹싹 쓸어낸 길
내딛는 걸음이 무거웠다

그 통증의 계절 딛고 다시 찾아온 봄

잘린 몸통의 곁가지에 돋아난
몇 송이 벚꽃, 마주치자 환하게
뜻밖의 안부를 건넨다

소리의 계절

누군가 소리에 불을 당기니
산불처럼 번져간다

땅속 여섯 해 잠자던 소리의 씨앗
몇 번 껍질을 벗고 여물었다
붉은 울음으로 피는 열흘을 위해
두 장의 꽃잎
기다림의 껍질을 뚫고 나왔다

한바탕 여름비에 씻긴
나뭇잎들 팔랑팔랑 달아오르고
들뜬 여름방학이
잠자리채와 채집통을 흔들며 지나간다
말린 날개를 펴던 아찔한 순간도
온몸으로 부르던 세레나데도
플라스틱 바구니 속에 갇혔다

여름의 끝마디까지
나무에서 나무로 때론 방충망을 움켜쥔
뜨거운 부름은 식을 줄을 모른다

찬바람 불면 꺼져버릴 불꽃이
맹렬히 타오르고 있다

오늘의 날씨는?

우연히 펼쳐든
작은 책 속 이야기 하나

일기 쓰던 초등 일학년 아이가 물었다
"선생님, 날씨에 뭐라고 쓰나요?"
"음… 맑음이나 흐림"
"왜 그렇게 써요?"
"아니면 네가 쓰고 싶은 대로 쓰렴"

상쾌한 초가을
한낮 햇빛도 강했던 그날
빈칸에 또박또박 적혀진 글자는 '눈부심'

창밖 나뭇잎들 햇살 튕겨내며 팔랑이는
오늘의 날씨도 발랄한 눈부심
그날 그날 빛깔이 다른 날씨들

백색소음

여기에 있지만 여기 있지 않은 듯
꿈속으로 녹아드는 자장가처럼

혼자 무언가에 몰두하거나 마주앉아 대화를 나누거나
갓 내린 커피 향과 배경 음악이 어우러진 카페
그 한 귀퉁이의 퍼즐 조각으로 끼워지기도 하고

때론 산책길의 나무와 풀숲
거기 얹힌 새소리, 빗소리, 바람소리
그들만의 고유한 아카펠라에 잠기기도 하고

여행 중 타닥타닥 장작 타는 소리, 다 씻어내는 파도소리
반복되는 리듬을 타고
불멍이나 물멍으로 빠져들기도 하는 순간

모든 파장의 빛이 혼합된 백색광처럼 눈부시게
소리들이 섞여 빚어내는 백색소음
그 고요 아닌 고요의 그늘로 나는 종종
소란스러운 속도에서 벗어나 스며든다

첫 소풍

추석이 얼마 남지 않았다
예전 같으면 집에서
전도 부치고 송편도 찌고 분주했겠지만
올해는 가족소풍을 나왔다
요양원으로 옮겨간 당신이 가고 싶다는 공원으로

준비해온 음식을 돗자리에 펼쳐놓는다
어머니가 좋아하는 찰밥과 반찬이랑
떡과 과일로 조촐한 추석상이 차려졌다

햇살과 바람이 알맞게 섞인 오후
한 가족이 감아왔던
묵은 기억의 타래 쉼 없이 풀려나오고
"90평생 처음 너희들과 소풍 나오니 참 좋구나!"
노인의 한마디에 잠시 찾아든 정적

나지막이 앉은키의 눈길 닿는 곳에
꽃무릇 몇 송이 바람결에 흔들린다

작별법

하얗게 피어나
내내 나부끼던 자리에
더는 걸어둘 손수건이 없다

창밖 나뭇가지에서 나풀거리며
아침마다 창가로 불러내던
간혹 날아온 새들이 쪼아먹기도 하던
흰 꽃잎
작별은 짧고 간결했다
세차게 흔들어대던 바람결에 둥실
허공으로 떠올랐다 사라졌다

모든 안녕~이 그랬으면 좋겠다
이처럼 깔끔하고 축축하지 않은
다만 좀 허전한
저 낙화처럼

노마드

강화에서 건너오는 저물녘,
산등성이 나목들 사이로 굴러가는
불타는 굴렁쇠

노을빛 하늘에 가물가물
늘어났다 지워지는 문장 부호들
투명한 발자국 찍힌 허공에
그들만의 질서와 사이를 잇는
물결무늬 파문의 꼬리가 길다

근처 어딘가로 내려앉을 것처럼
눈앞 가로질러
낮게 날던 한 무리 철새
꾹 다문 부리로
마지막 힘을 다하는 날갯짓
헤아릴 수 없는 아득한 여정

이 저녁, 기슭에 닿지 못하고 떠도는 이들의
안식처는 어디쯤일까?

새와 유리벽

가을비 내리는 오후
카페 유리문 곁에 종이비행기처럼
작은 새 한 마리 떨어져 있다

건물 통유리 창에 가로 세로로
쭉 찍혀 있는 하얀 점 혹은 무늬의
그 멈춤 신호를 놓쳐버린 그들의 깃털들
수많은 방음벽이나 커다란 유리창 아래
어지럽게 흩어져 있다

경계 없는 그들의 길을 가로막는 건
보이지 않는 치명적인 벽

어쩌면 비를 피해 날아가던
이 한 줌 온기도 투명한 유리벽이
시간의 끝이었다

채 접히지 못한 날개
하염없이 젖는 채로

헬멧의 무게

주말의 분주한 토스트가게, 오래 기다리게 해서 미안하다며
알바 청년이 아이스커피 한 잔을 내민다
커다란 헬멧을 벗은 배달기사의 머리칼은 뜻밖에도 은발이다
시원한 음료 한 잔 부리나케 털어넣고 받아든 포장과 함께
다시 시동을 건 오토바이 한낮의 더위 속으로 사라진다

맨몸으로 바람을 가르며 땀방울로 이어가는 하루하루
홀로 허공에 떠 있는 우주인 같은 저 헬멧의 무게를 가늠할 수 없다

새벽부터 밤까지 수없이 층을 오르내리는 택배기사
문앞까지 배송되는 편리함에 늘어나는 배달량은 늘 과포화상태
화물칸에 쏟아질 듯 쌓여 있는
그날의 짐들이 꿈속까지 따라가 짓누를 것 같다

최대치의 속도로 하루를 달리지만 얼마나 더 달려야
그 무게를 벗고 가벼워질 수 있는 걸까?

3부

빈방의 용도

가벼운 여행에서 돌아오듯
백팩 메고 들어선 딸
실내복으로 갈아입고 냉장고 문을 연다
빈방 앞에 엎드려 있던 노견은
돌아온 주인 곁에 바짝 붙어 앉는다

늘 앉던 그 자리에서 함께 간식을 나누며
신혼의 달콤쌉싸름한
이야기 타래 솔솔 풀어낸다
비었던 방이 밤새 그득하게 출렁인다
이튿날 필요한 물건을 챙겨넣고
먹거리꾸러미도 받아들고 집을 나선다
아니 제 집으로 향한다

잠깐 들썩이던 그 방은 조용해지고
다시 또 기다림에 빠져든다

드라이아이스

선물용 케이크가 배달되었다
냉동 상태로 흐트러짐 없이
스티로폼 상자 속
드라이아이스는 보송한 빈 팩만 남겨졌다

닫힌 공간 속 극한의 한 줌 마른 얼음
자칫 손을 대면 냉온 화상을 입히기도 하는
얼음 속의 불
그 뜨거움은 제 몸 외엔 어떤 것도 녹일 수 없고
얼음의 뼈를 지니지 않은
이 하얀 결정체는 꽝꽝 얼어붙어본 적도 없다

잔뜩 굳은 각각의 덩어리
서로를 경계하며 밖으로 나선다
무표정한 얼굴로 스쳐가는 냉기
가슴 속 숨겨진 불은
녹여주는 온도에 맞출 줄 모른 채
거리엔 또 다른 시린 조각들이 떠다니고 있다

담장 아래

담장 너머 운동장엔
나른한 햇볕 뒹굴고

담벼락 타넘은 덩굴장미
오후의 졸음처럼 사르륵 무너지고
하롱하롱 붉은 꽃잎
돌아가는 꽃길을 내고

빈 꽃받침엔
장미의 기억이 박혀 있고
푸르게 세웠던 손톱 빛바랜 가시로
까칠하게 여위어가고

저문 꽃잎들 담장 아래
꽃들은 늘
그만큼의 거리를 다녀가고

어디선가 날아온 풀씨
내가 묻었던 어린 병아리 토끼
그들의 시간이 풍화되는 담장 아래

손바닥 구들장

손끝이 시리다
장갑도 뚫는 매운 바람에
주머니 속 핫팩 꺼내 흔들자
입자들 서로 부딪히며
열기가 피어오른다
움켜쥔 손난로가 곱은 손을 데워준다

상가 건물 출입문 곁
방과 후 아이들의 필수 코스, 떡볶이집
사장님의 굽은 허리둘레에도
뜨끈하게 팩 몇 장 붙어 있다

누군가 길가에 떨군 핫팩
손바닥 크기의 한 뼘 구들장에
옹기종기 참새들 모여들어
언 발을 녹인다

풀리지 않는 혹한의 계절,
얼어붙은 응달진 곳곳에
한 줌 온기도 간절한 시간이다

푸른 셔츠

벗어두었던 긴 하루의 껍질
물에 담그자
빳빳하게 세웠던 몸의 각은 빠져나가고
유연하게 풀어져 흐느적거린다

거품 속으로 빠져나가는 먼지와 함께
단번에 녹아내리는 뼈
요즘 작은 비명을 지르곤 하는 관절

산뜻하게 헹궈져
옷걸이에 걸린 투명한 몸,
햇살과 바람이 통과하는
빈 몸통이 느슨하고 자유롭다

서서히 바래가는 시간, 뚝뚝
흘러내릴 듯 짙은 푸른 색이
차츰 희미하게 엷어진다

이튿날, 다려진 푸른 셔츠는 다시
여명 속으로 출근을 서두른다

밤 산책을 나온다면

딸깍, 스위치를 내리고
잠긴 꼭지를 돌리면 어둠에 묻혀 있던 것들이 쏟아지지

귀가 열려
벌레 소리, 발자국 소리, 나지막한 목소리들이 바싹 다가오지

잘 보이지 않던 것들이 환해지네
달빛, 다리 위의 자동차 불빛, 골목의 가로등도 반짝 눈을 떠

무엇보다 신기한 건 경계가 지워져 뒤죽박죽 섞이는 거야

벽에 걸린 그림도 기지개를 켜고 액자 밖으로 나와 돌아다니고
오래 전 저편으로 건너갔던 이들도 꿈에 섞여 이야기를 시작하지
한껏 짙어진 어둠은 무엇이든 주문으로 불러낼 수 있어

틈새에 숨겨졌던 날개도 돋아 마음껏 날아다닐 수 있지

골목, 공원, 강변, 묘지… 어디든
만나고 싶은 그들이 깨어나 밤 산책을 나온다면 말이야

한바탕의 은밀한 소요가 지나가고
밤의 자락에 깃드는 것들 다시 잠들 시간이네
잘 자~ 또 다른 밤을 기약하자

무언극

번호키 누르는 소리,
어둠을 밀어올리는 불이 켜지고
수돗물 소리에 적막이 씻겨 내린다

바쁜 하루를 벗어놓고 식탁에 앉아도
마주치지 않는 그림자들
맞은편 빈 의자가 그날의 안부를 묻는다

저녁을 점령해버린 TV
한편에선 손가락 대화를 이어가는 스마트폰
각자 자리에 붙박인 뒷모습은
혼자만의 공간으로 오늘의 남은 시간을 밀어넣는다

생략된 말들이 소파에서 침대에서 각기 잠든다
손닿지 않는 곳의 먼지처럼 쌓여가는 침묵
자신만의 방에 세들어 사는 조용한 가족

주문사항은 또 문자메시지로 날아온다
무언극은 장기간 공연 중이다

부끄러움

SNS에 올라온 사진 한 장,

언 강에 누가 강아지를 묶어 버려놓고 갔다

미안함도 부끄러움도 얼어붙은 겨울날

철거

나는 아직 본 적이 없다
부엌의 작은 창틀 왼편에 터를 잡은 그를,
그물에 붙어 있던 몇 마리 날벌레들 틈에
숨죽여 있었을지도 모르겠지만,

얼마 전 창가에 얹어둔 조그만 화분에
연결된 가느다란 실을 얼른 걷어냈다
깔끔하게 치워놓은 자리에 다음날
다시 늘어진 희미한 줄 몇 가닥
단 하루 만에 되살아나는 그의 집짓기
짓고 허물고
그가 자취를 감출 때까지
무한 반복될 이 팽팽한 줄다리기

되풀이되는 재해를 겪으면서도
떠나지 못하는 숙명 같은 터전,
순순히 그 공간을 내어줄 수 없기는 마찬가지
보이지 않는 녀석과의 긴 싸움을 예감한다
아침마다 거미줄 쳐진
마음 한 구석 닦아내는 의식을 치르듯

붉은 발자국

골목 끝 낡은 스크린 한창
여름을 상영 중이다

멈추지 않고 뻗어올라
경계를 타넘는 발자국 낙서

오래된 담벼락의 깊은 잠 흔들어 깨우는
능소화, 그 불꽃
줄줄이 점등하며 타오르다

장맛비에 흥건한 꽃길을 만들고
그 통꽃들 누워서도 여전히 붉다

타투의 양면성

지우는 고통도 크다는 저걸 굳이 왜?
돌이키기 쉽지 않은
타투에 대한 내 시선은 그랬다

새긴다는 건 기억하겠다는 뜻
수많은 쌍꺼풀 수술은 기억나지 않지만
자신이 해주었던 타투는 다 기억한다는
화면 속 그는 이중생활의 주인공,

소방관들의 화상 흉터 위에
치유하는 의식을 치르듯 빛나는 꿈을 입혀주고
무심코 사라지는 치매노인의 팔목에
놓치지 않을 숫자들을 무료로 새겨주었다

성형외과 의사이면서 타투이스트이기도 한
그의 섬세한 손길에 그늘진 어둠이
사랑으로 녹여낸 빛의 갑옷으로 바뀌었다

액자와 눈동자

갤러리를 걷는다 느리게
액자와 마주하는 시간

테두리 속 장면은 붓끝 따라 풀려나온
그 지점의 현재이다
액자를 들여다보는 바깥은
같은 공간에 놓여 있어도 다른 시제,

저 고인 시간에 붙들려 있는 것들
자신이 세밀하게 읽히고 있다는 걸 알까
어쩌면 느낌이 닿아 흘낏 돌아볼지도

이쪽과 저쪽을 나누는 흰 벽에 걸린
액자는 벽의 통로이며 신비로운 내적 체험이다

누가 알겠는가?
지금 이곳의 다른 바깥에선
어떤 시제의 눈동자가 우리를 읽고 있는지

기찻길 옆

그녀의 지평선엔 열차가 지나간다

철길 옆 연립, 열차 지날 때마다 덜컹덜컹 유리창은 몸살을 앓고 여름밤엔 바퀴의 쇳소리에 불꽃이 일었다 코스모스 흔들리던 그 철길 옆에서 먼 길 다녀가는 친정엄마를 오래도록 배웅하곤 했다

우연찮게 이사온 곳도 담장 너머 전철기지 옆 아파트, 밤마다 돌아오는 지친 열차는 달빛 아래 짐승처럼 웅크려 잠들었다 나란히 마주 달리던 낭만적인 철길은 낡은 앨범 속에서 녹슬고 철커덕거리며 마찰음을 내던 날들, 철로변 덩굴장미가 피어날 때마다 계절은 또 몇 바퀴씩 굴러갔다

오래 묻혀 지낸 소음은 아득해지고 예민하던 귀도 무뎌졌지만 새벽녘 잠 깨어 뒤척일 때면 어렴풋이 귓가에 번지는 낯익은 소리, 여명을 뚫고 멀어지는 열차 꽁무니에 슬며시 생각 몇 칸을 잇자 시간이 거꾸로 달리기 시작한다 길고 긴 터널을 통과해 눌러놓았던 그리운 이름이 내린 역까지 닿을 것 같다

슬픔의 서식지

그는 예고가 없다 불쑥
마주칠 때마다
나는 무방비로 민낯이다

바닥에 밀집해 있지만
서식지는 뜻밖인 그를 만날 때면
그늘 냄새가 난다

나무 그늘에서 흘린 어느 날의 슬픔이 반짝이며
저 나뭇가지에서 흔들리고 있다

그와 조우하는 순간은
곧 사라질 것들 눈부시게 만나는 지점,
알 수 없는 슬픔은
흘러가는 것들 등 뒤에서 설핏
무심한 얼굴을 내비치며 다가온다

햇살 속 떠 있는 먼지처럼 미미한
바람결의 꽃잎인 듯 나비인 듯
아장아장 다가오는 어린 것처럼 눈물겨운
너무 환한 봄 같은 슬픔이 고이는 그곳

남아 있는 문장들

거의 다 쓰고 버리려는
당근 한 토막
끄트머리에 삐죽 올라온 순
빈 공간을 채우며 뻗어갈
그 초록의 길이 궁금해졌다

부엌 창틀에 얹힌
푸른 잎 한껏 뻗어가는 동안
납작한 몸통에 난 흰 뿌리는 더 무성해지고
마지막 한 방울까지 비워내는 일
얼마 남지 않았다

정량의 생을 알뜰히 소모하며
남아 있는 말, 피워낼 수 있을까
저 한 줌 조각처럼
담담하게 자신을 펼치며 빈 칸에
몇 문장이라도 적을 수 있을까

4부

간이역

역사는 나지막하게
주저앉아 졸고 있다

간간이 완행열차 멈췄다가
사라지던 기찻길 옆
무리지어 흔들리던 코스모스
빛바랜 빈 의자에
해 그림자 길게 걸터앉는다

날마다 귀만 밝아지는 노모
그 자리에 여전히 손 흔들고 서 있다

낯선 휴가를 받다

한계치를 넘은 어깨의 통증,
결국 수술실을 거쳐 병실에 놓여졌다
코로나 여파로 방문객 출입금지,
덕분에 소란스럽지 않다

나 홀로 여행 온 듯
먼저 온 투숙객들에게 가볍게 인사했다
가요무대에 채널 고정하며 흥얼대는 이
코를 골며 깊은 잠에 빠진 이
큰 목소리로 끊임없이 바깥과 통화하는 이
각각의 섬들이 떠 있었다

나는 이어폰 밖으로 소음을 밀어내며
읽어주는 단편소설 「낮잠」 속으로 빠져들었다
동반된 통증을 제외하면 모처럼 보내는 낯선 휴가
어쩌면 언젠가 혼자 통과해야 할
끄트머리 시간을 설핏 맛본 것 같다

돌아오는 날 아침, 서늘한 비가 내렸다
한여름에 들어와 가을 문턱으로 들어간다는 장기투숙자들

등 뒤에 남겨진 그들의 빠른 귀가와 쾌유를 빌며
두껍게 닫혀졌던 문을 나섰다

단풍빛 절정

단풍은 물드는 게 아니라
빠져나가는 것
제 계절의 일을 끝낸
초록이 지워지며
지니고 있던 또 다른 색이
배어나오는 것

모처럼 고궁 산책길에 나선
가을 잎 같은 오랜 친구들
카메라를 향해 나란히 웃는다
숨어 있던 저마다의 모습이
단풍빛으로 절정이다

더는 낼 수 없는
색의 끝에 닿을 때까지
자신의 계절을 완주하고 있다

나무의 발

커다란 나무의 울퉁불퉁
드러난 발등을 밟은 적이 있다
미동도 없는 굵은 뿌리는
산허리를 꽉 움켜쥐고 있었다

예전에 보았던 꼭 그만한
나무가 뿌리 들려져 비스듬히 누워 있다
바위처럼 박혀 있던
저 붙박이를 누가 쓰러뜨렸을까
흙덩이 매달린 발을 치켜들고 어디론가 실려가겠지

물오른 가지 꽃을 피우고
비바람에도 버티느라 부르튼 발
온 힘으로 빨아들인 물, 우듬지까지
밀어올리며 땅속 단단한 흙을 뚫고
스스로 길을 내며 깊어지던 뿌리

어둠 속에서 어떤 꿈을 뻗어갔을까
뿌리골무 더듬으며 헤쳐간 시간이 뽑혀진 채
엉켜 있는 허공에 흩어진 잎들이 어지럽다

문, 열리다

암사자 한 마리가 탈출했다
동물원도 아닌 목장에서

우리에서 벗어나 근처 수풀에 가만히 앉아 있다
별 저항 없이 사살되었다

풀썩 스러진 한 무더기의 쓸쓸함
새끼 때부터 갇혀 살았던 20년을 벗어두고
자유의 영역으로 옮겨간 '사순이'

한 쌍이었던 수사자가 세상을 떠난 뒤
멈춘 시곗바늘처럼 독방의 시간은 고여 있었다

전날 저녁 사료를 주고 우리 청소를 했다는
그 다음날 아침에 발견된 열린 철창문
간밤 그 문을 연 것은
먼 곳에서 달려온 바람이 아니었을까

망고나무

부드러운 망고를
지탱해준 뼈가
중앙을 가로지르고 있다

넓적하고 단단한
그것을 쪼개본다
제법 커다란 씨를 꺼내
적신 휴지에 얹어놓았다
누군가 인터넷에 올려놓은
그런 발아를 꿈꾸며

생각날 때마다 물을 뿌려주었더니
씨의 한 쪽 끄트머리 갈라진 틈으로
삐죽 올라온 솔잎 같은 싹
그날 작은 화분으로 옮겨 앉았다

이미 증발해버린 내일들
그날그날 무난한 일상 가운데
아직 바닥에 깔려 있던
허튼 꿈들이 슬슬 모여들더니
망고나무 그늘에 잠겨든다

백합정원

해마다 여름 이맘 때면
은근히 기다려지는 정원축제,
아파트 1층 베란다 곁
몇 평 남짓 풀밭에
키 큰 백합 가득 피어난다

텃밭 대신 정성껏 꽃을 가꾸는
할아버지, 아무런 경계도 두르지 않아
감상하는 모든 이의 꽃밭이다
바로 앞 정자 그늘에서 쉬는 이들에게도
은은한 향기, 우아한 자태는
더없이 사랑스러운 풍경이다

마음자리 한 귀퉁이에도
저런 아담한 빈터를 마련해
나름의 무언가를 가꿀 수 있다면
바람결에 실린 저 향기처럼 날아가
그윽하게 스며들 수 있다면

그림책 길

나만의 숨겨진 통로가 있다
여길 빠져나가 건너편으로 드나들 수 있는
일단 들어서기만 하면
어렵지 않게 그 길이 열린다

작은 도서관의 폭신한 의자에 안겨
저마다의 목소리가 담긴 그림책들
홀짝 홀짝 단숨에 마셔버린다
마담 프루스트의 마들렌 곁들인 홍차처럼

대체로 부드럽고 따뜻하지만
때론 슬픈 그늘의 이야기를 조곤조곤 들려준다
목소리가 크지 않아도
한 방울도 흘리지 않고 스며든다

그 길은 나를 업고 경계 없이 넘어가
어딘가에서 잃어버린 꿈을 찾아낸다
지금의 무게에 짓눌려 가벼워지고 싶은 날
습관처럼 그림책 길을 나선다

지금 빛나는 저 별빛

얼마나 먼 광년을 날아온 빛인지
헤아릴 수 없듯

오래 전 발하던 그 빛이 지금 빛나고 있다
자신은 제 빛을 볼 수 없었을
그때 어두운 별들
그들의 시간은 미래에 속하고
남김없이 태운 혼
뜨겁게 점화되는
발화의 순간을 통과할 뿐
별자리처럼 그 자리에 박히게 될 줄 알았을까

고흐와 뭉크를 만나게 되는
별이 빛나는 밤에

물결무늬가 출렁일 때

흔적은 한 줄로 요약된다
새겨진 날짜와 이름으로

연도와 연도 사이를 잇는
~가 함축하고 있는
그날들을 헤아릴 때

어떤 혹은 누군가의 시작과 끝
그 사이에 채워진 이야기들이
푸드득 날아오를 때

물결무늬 실타래가 풀어진다

단 한 번의 파도타기
~앞에 그들이 누워 있고
~위에 우리는 넘실댄다

등 뒤, 포말을 일으키며
푸른 파도들이 달려오고 있다

silver way

AI, 드론, 가상화폐…
SF영화의 장면들이 스크린을 뚫고 쏟아진다
키오스크, 인터넷 뱅킹… 이런 것에
겨우 길들여지는 중 연이어 덮쳐오는 빠른 물결

이 시대를 가로지르는 속도의 행렬
그 꽁무니를 따라가기도 버거운 실버그룹
어쩌면 동행을 포기하거나 아날로그의 향수 속에 잠겨들겠지
혹은 문명을 벗어나 자연 속에서 느리게 흘러가고 싶을 테고

주저앉으면 도태된다고 자꾸만
등 떠미는 주변의 채근을 뒤로 하고
지금은 또래끼리 뭉쳐 남은 시간 알차게 도모할 때
LP판, 엽서, 손글씨… 정겨운 옛것
다시 손질해서 새롭게 펼쳐보기도 하고
어렵게 배워 익힌 필수 사항들 공유하며 나아갈 때
은은하게 빛나는 silver way를 따라서

마지막 한 줄은

한때 King Crimmson의 Epitaph에 빠져든 적이 있다
부슬비 내리는 날 안개 자욱한 묘지가 떠오르는
음울하지만 웅장한 배경음,
Confusion will be my epitaph 같은
매혹적인 가사가 깔린 노래

영화의 한 장면처럼 꽃다발 놓인 묘비엔
불꽃 같은 짧은 생이 새겨져 있을 것 같던
그즈음 나를 흔들던 색상은 온통 회색이었다

이젠 그저 한 생의 마침표일 뿐
어떤 쓸쓸한 낭만도 섞여 있지 않다는 걸 눈치챘지만
때때로 비현실적인 분위기에 휩쓸릴 때면
그 아래 잠든 이의 고뇌를 꺼내 읽는 상상의 뚜껑을 연다

굴곡 많은 삶이나 생각을 압축해놓은 재치있는 문장은
미소짓게 하고 남은 이에게 위로가 되기도 하지만
아무 말도 남기지 못한, 하고픈 말을 품고 떠난 이들은
어떤 한 줄을 적어놓고 싶었을까?
여백에 스며든 그 침묵의 소리에 귀 기울일 때
지워진 말들이 건너온다

전조 읽기

그때 알아차리지 못했다
당신의 머리가 좀 아프다던
지나가는 말 뒤로 다가온 뇌출혈
놓쳐버린 기회의 후유증
그 여진은 길었다

지구 한 쪽에서 커다란 지진이 발생했다
수많은 새떼가 허공을 선회하며 울부짖고
모여앉아 나뭇잎처럼 나무를 뒤덮는
지진 직전의 영상이 소셜미디어에 떠돌았다

예민한 촉수로 감지되는 전조현상
바로 그 뒤를 잇는 긴박한 순간들
피하지 못하고 겪는
비극의 악순환을 끊어낼 순 없는 걸까

끊임없이 전해지는 자연재해
망가진 지구의 몸 여기저기
재앙의 경고음이 울린다

귀 기울이면
늘 신호는 오고 있다

마스크 1학년

1학년 한율이가 일주일에 두 번 학교 가는 날
엄마와 둘이 집에 남아 심심했던 서율이
오빠가 돌아오면 달려가 반갑게 맞아줍니다
게임도 하고 간식도 먹으면서 같이 놀아요

한율이가 제일 좋아하는 축구교실 가는 목요일
등에 이름이 쓰여진 노란 유니폼을 입었어요
서율이도 따라간다고 현관 앞에 서 있네요

아이들은 공을 몰아 훌라후프 안에 넣기도 하고
팀을 나눠 인조잔디에서 경기도 합니다
따라온 가족들은 그물벽이 쳐진 곳에서 구경해요
"오빠, 힘내라~" 서율인 응원도 해줍니다
가방을 뒤져 물도 마시고 해바라기 초코씨앗도 꺼내 먹어요
엄마는 얼른 다시 마스크를 씌워줍니다
언니 오빠들도 마스크 쓴 채 땀 흘리며 운동을 해요

오랜만에 밖에 나와 걸어오는 길
나무도 꽃도 새도 마스크를 쓰지 않아서 좋겠다

놀이터에 어린이집 친구들이 놀고 있네요
코로나 때문에 요즘 어린이집을 쉬고 있거든요
친구들과 놀고 싶었지만 사람이 제법 많아서
아쉬운 서율인 자꾸 뒤를 돌아보며 집으로 들어갑니다
마스크걸이에 마스크를 걸고 뽀득뽀득 손을 씻어요

방구석 book map

마주하는 순간 고스란히 채워주는 나의 절친, 책
도서관, 서점, 책 쉼터… 그들이 밀집된 곳은 나의 장소다

〈건지 감자껍질파이 북클럽〉 같은 모임을 꿈꾸며, 〈너무 시끄러운 고독〉의 파쇄되는 책들을 안타까워하고, 〈불안의 책〉 속 무수한 이명의 그림자를 밤늦도록 밟아보기도 한다
〈일반적이지 않은 독자〉의 여왕님과 차 한 잔 나누기도 하면서, 〈책이 입은 옷〉의 길들여진 책 표지들을 가만히 쓰다듬기도 하고, 〈코르시아 서점의 친구들〉의 몰락해버린 서점의 번창했던 시간으로 거슬러가기도 한다

〈도서관을 떠나는 책들을 위하여〉 존재하는 모든 책들에게 경의를 표하기도 하고, 〈그림책에 흔들리다〉 그림책 덕분에 아득하게 멀리 날아가는,
나는 방구석 책 여행자, 꼬리에 꼬리를 무는 미완의 book map을 그려가는 중이다

창문하기와 시인의 눈

김상미/ 시인

만남

이번 여름은 참으로 위대하다. 마치 우리에게 식지 않는 태양을 흠뻑 맛보게 해주리라 각오라도 한 듯 밤낮으로 폭염과 열대야의 절정을 보여주고 있다. 이런 와중에 한 줄기 시원한 바람처럼 반갑고 고마운 소식이 창을 두드렸다. 김양아 시인이 오랜만에 두 번째 시집 『세상 바깥에 앉아 창문하기』를 출간한다는 소식. 첫 시집 『뒷북을 쳤다』(문학의 전당, 2016) 이후 8년 만이다. 정말 반갑고 고맙다. 그녀는 2014년 『유심』으로 등단해 작품활동을 해온 참한 시인이다.

참하다는 건 '생김새(모습)가 나무랄 데 없이 말쑥하고 곱고, 성질이 찬찬하고 얌전하다'는 뜻인데 거기에 나는 하나를 더 첨가하고 싶다. 지혜롭고 똑 부러진다는 뜻. 그게 내가 본 그녀의 첫인상이다.

그녀를 처음 만난 건 2010년 이후 내가 정독도서관에서

'시作의 풍경'이란 이름으로 20명가량의 수강생과 함께 시창작 겸 독서지도 강사를 할 때였다. 그때 그녀가 이 수업에 합류하고자 3~4명의 시우들과 찾아왔다. 나는 정독도서관에서 그 수업을 오래한지라 새로운 인물들이 찾아와 내심 반갑고 고마웠다. 이 친구들이 합류하면서 분위기가 훨씬 생동감 있고 신선해진 것은 분명했으니까.

그러다 개인 사정으로 정독도서관 수업을 그만두고, 좀 쉬다가 몇 군데 다른 도서관에서 시창작 수업을 맡게 되었는데, 그때도 이 팀(다는 아니지만 일부분)이 내 수업에 함께해주었다. 지금은 이 팀과 함께 코로나 이후부터 지금까지 다시 정독도서관에서 독서지도 동아리를 만들어 계속 만남을 유지하고 있다. 늘 고맙게 생각하는 좋은 친구들이다. 그녀의 두 번째 시집 출간을 진심으로 축하한다.

세상 바깥에 앉아 창문하기

『세상 바깥에 앉아 창문하기』란 제목이 김양아 시인과 아주 잘 어울린다. '창문하다janelar'는 포르투갈어 동사로, '창문janela'이라는 명사에서 파생된 말이다. 우리말로 옮기면 '창문 밖을 바라보며 생각에 잠기다' 혹은 '창문 밖을 바라보며 멍때리기'이다. 둘 다 마음에 든다. '창문하기'는 평소 늘 하는 습관이고 행동이고 삶의 방식이므로. 그리고 그건 또한 글쓰기나 독서를 위한 전초전이기도 하니까.

언젠가 수업 시간에 소개한 포르투갈 시인 페르난두 페소아를 읽고, 눈 밝은 그녀가 그의 작품 속에서 이 동사를 발견했나보다. '창문'에다 '하다'를 붙여 이처럼 멋지고 아름다운 낱말을 만들다니, 페소아의 포르투갈이 다시금 더 좋아짐을 느끼며 그녀의 시 「창문하다」를 읽어본다.

포르투갈에는
창문하다janelar라는 단어가 있다
그래서일까 페소아의 『불안의 서』에는
창문턱에서 따로 하는 일 없이 물끄러미
밖을 쳐다보는 '창문하다'가 많았나 보다

유모차, 강아지, 산책, 잰걸음,
지팡이에 기댄 혹은 다양한 걸음들
날개보다 부리가 바쁜 거리의 새들
바람결 리듬 따라 춤추는 나뭇잎들

창은 자신을 통과해 들어오는 풍경을 입고
무심한 눈동자는 그걸 덧입는다

시계의 보폭에서 빠져나온 순간
유리창 너머의 시간은 낯설게 흘러가고
숨 가쁜 호흡에서 벗어나 우두커니
세상 바깥에 앉아 창문하기를 한다

—「창문하다」 전문

지금 그녀는 창가에 서 있는가. 굳이 창가에 서 있지 않아도 무심히 사물을 바라보는 시인의 눈은 창이 된다. '세상 바깥에 앉아 창문하기'가 된다. 모든 예술은, 아니 모든 삼라만상은 이 '창문하기'에서 나오고, 이 '창문하기'에 따라 빛과 생기, 절망과 고통을 취한다. 그녀의 시집 역시 이 '창문하기'에서 나왔다.

우리에게 만약 창문이 없다면? 대부분 지루하고 갑갑해서 미쳐버릴 것이다. 인간에겐 그만큼 창문이 중요하다. 창문이 있어야만 그 창문을 통해 근사하게 기분이나 감정 전이도 할 수 있고, 멋지게 일상의 미학도 건져올릴 수 있다. 창문은 문과 달리 투명해서 언제든 밖을 볼 수 있다. 하여 우리는 늘 창문에 매혹된다. 특히 시인에겐 시 자체가 '창문하기'이고, 시인이면서 "방구석 책 여행자"(「방구석 book map」)인 그녀에겐 더욱 그럴 것이다.

눈부신 여름 하늘
흰 고래 떼처럼 모여드는
구름들의 플래시몹

흘러가기도 하고
자칫 쏟아지기도 하는 구름무리
부드러운 손길 따라 순간
모양이 바뀌는 모래그림같이
유연하게 잡아주는
바깥과의 경계는 틀이 없다

종일 엮고 풀던 구름 타래
일몰이 뿌려놓은
노을빛 염료에 스며들어
변해가는 하늘의 빛으로 짙게 물든다

마음 가는 대로 정해진 틀 없이
순간마다 새로워지는
저 구름의 테두리를 베끼고 싶다

—「구름의 테두리」 전문

한창 다른 일에 열중하다 문득 창문을 활짝 열고 밖을 내다보니, "눈부신 여름 하늘/ 흰고래 떼처럼 모여드는/ 구름들의 플래시몹"이 펼쳐지고 있다. 그녀는 "마음 가는 대로 정해진 틀 없이/ 순간마다 새로워지는/ 저 구름의 테두리를 베끼고 싶"을 정도로, 구름들의 그 자유로움과 유연함이 좋아 한참을 멍때리고 바라본다. 구경한다. 상상력을 펼친다. 그러곤 급히 외출을 서두른다. 초등학생 손자의 하굣길 마중을 위해.

초등학교 담장 곁
꽃보라 날리며 계절을 갈아입는
벚나무 그늘 아래서 나는
한 마리 여우가 되어
환하게 다가오는 아이를 기다린다

봄비 그친 오후
햇살 엑스레이에 드러난 잎맥
그 실핏줄 끝에 매달린 물방울이 반짝인다

잠깐 눈부시다 사라지는
순간의 색 연두, 어느새
한 칸 더 짙어진 녹색 스펙트럼

어린왕자와 함께 걸어가며 잇는
끝말잇기가 보폭 따라 박음질되는 날들
미래의 어느 날 어렴풋이 남겨질 기억이
파릇한 현재의 손을 잡고 나란히 걷고 있다
우린 지금 잠시 동행 중

—「잠시 동행 중」 전문

귀여운 꼬맹이 손을 잡고 벚꽃 흩날리는 길을 걷는 할머니와 손자의 모습이 한 폭의 그림처럼 평화롭다. "잠깐 눈부시다 사라지는/ 순간의 색 연두, 어느새/ 한 칸 더 짙어진 녹색 스펙트럼"을 통해 쑥쑥 자랄 손자와 곧 가버릴 봄을 애틋해하면서도 "파릇한 현재의 손"을 놓고 싶지가 않다. 비록 이 순간이 "지금 잠시 동행 중"이라 해도 이 감미로운 멜랑콜리를 오랫동안 취하고 싶기 때문이다. 그러면서 그녀는 돌아가신 엄마의 마음을 떠올린다. "빈집에서 혼자 밥을 먹다/ 떠올린 엄마의 밥상/ 그 식은 온기를 이제야 감지"(「노화」)했기 때문이다.

시적 간격과 가지런한 질서

이렇듯 이번 그녀의 시집은 애잔하게 응집된 지나온, 살아낸 시간에 대한 회상과 애도의 감성들로 차곡차곡 채워진 한 권의 앨범 같다. 그녀는 자신의 앨범을 한 장 한 장 넘기며 그 위에 자연스레 회상의 사유를 펼쳐낸다.

돌아가신 어머니를 그리워하고(「노화」), 병원에서 점점 더 삶이 희미해지는 이모를 떠올리고(「지워진다는 일」), 딸의 결혼식을 기다리는 엄마의 마음(「5월의 이중주 D-day를 향해」)과 오랜 시간 함께한 애완견의 죽음(「기울어지다」), 잃어버린 잡동사니로 가득한 마루 밑 서늘한 어둠(「마루 밑」)과 회상의 퍼즐 조각들 같은 사소한 것들의 목록들(「사소한 것들의 목록」), 요양원에 계신 시어머니와의 소풍(「첫 소풍」), 택배 기사의 애환(「헬멧의 무게」), 시간이 그대로 풍화된 듯한 담장(「담장 아래」), 기찻길 옆 옛집(「기찻길 옆」), 소리들이 눈부시게 섞여 빚어내는 백색소음(「백색소음」), 유리벽에 받쳐 죽은 새들을 애도하는 어느 가을날(「새와 유리벽」), 드라이아이스처럼 시린 군중들(「드라이아이스」), 밤 산책, 「타투의 양면성」, 「간이역」, 「Silver way」 등등을 소환해낸다.

그 시간들은 그녀가 나이를 먹으면서 발견한 시간들. 젊은 시절에는 미처 눈에 띄지 않았던, 그 깊이를 몰랐던 기억 혹은 추억들. 그녀가 살아온, 아니 살아낸 시간들이기에 그녀는 그 시간들에게 자진해서 애환 가득한 다정함과 연민으로 따스한 숨결을 불어넣는다.

그럼에도 그녀는 자신의 내면 깊숙한 속내를 시에서든

현실에서든 쉽게, 과장되게 드러내지 않는다. 하여 시편 대부분이 바깥에서 안으로 향해져 있다. '세상 바깥'이 '현실'이라면 그 '상황 묘사'에서 시작해 '자신의 내면' 입구에서 끝이 난다.

그렇다고 해서 그 시편들이 답답하거나 모자라거나 억지스럽지가 않다. 마치 기차를 타고 목적지를 향해 가는 동안 기차 차창에 비치는 풍경들에 자신의 심중(시인의 눈)을 담아 묘사하다가 종착역에서 내리는 정확한 순간, 그 감정이 입을 수평적, 보편적, 객관적 관계로 자유롭게 풀어 놓아버리기 때문이다.

자신의 내밀한 삶을 드러내지 않고도 사물과 상황 묘사에 자신의 심사와 기분을 고루 잘 스며들게 하여 시의 균형을 잘 유지해가는 그녀의 빛나는 장기! 나는 그걸 그녀만이 가진 특별한 시적 '간격' 혹은 '가지런한 질서'라고 말하고 싶다.

갑자기 비가 쏟아지는데
우산 들고 서둘러 가도 이미
너는 자박자박 빗속을 걸어갔을 텐데

제때 닿지 못하는 시간과 거리가 있다
어찌할 수 없어 다만 안절부절못하는
고스란히 마음 젖는 것 외엔 달리 방법 없는

뭐든 다 해줄 수 있을 것 같았지만

결국 마음뿐인,
해줄 수 없음으로 자주 절망한다

네게로 향한 징검다리를 건너며
수시로 미끄러지는 나는
늘 시리게 발을 적신다

—「간격」 전문

이 짧은 시만 봐도 그녀가 얼마나 많은 말을 절제하고, 객관화하고 있는지를 알 수 있다. 살다보면 이 세상엔 "제때 닿지 못하는 시간과 거리가 있"어 "뭐든 다 해줄 수 있을 것 같았지만/ 결국 마음뿐인,/ 해줄 수 없음으로 자주 절망"하는 순간순간을 맞게 된다. 이런 순간은 인간관계뿐만이 아니라 삼라만상 모든 것에 적용된다. 그래서 오해가 생기고 착각이 생기고 배반이 생기고, 애증이 생긴다. 그리고 그 영역은 어쩌면 신의 영역일지도 몰라 그녀는 "네게로 향한 징검다리를 건너며/ 수시로 미끄러지는 나는/ 늘 시리게 발을 적신다"라고 말한다. '발이 시린' 게 아니라 스스로 '시리게 발을 적신다'라는 이 시구 안엔 그동안 그녀가 모든 관계에 대한 온갖 주관적 감정, 자책감, 후회, 자기연민 등의 감정적 상황들을 어떻게 견디며, 견뎌왔는가를 잘 보여준다.

내면은 과한 감정으로 들끓어도 그녀만의 특유한 '간격'으로 '가지런한 질서'를 유지하여 중용이나 관조처럼 보이게 하는. 이 점이 그녀의 시집을 관통하는 키포인트가 아닌가 한다. 안과 밖의 간격을 잘 유지하면서도 그 균형이 주는 멜랑콜리에 침식되지 않고 그 여운으로 오히려 스스로에게 질문을 던지는. 그 때문에 시집 전체의 흐름이 능동적이지 않음에도 수동적이거나 정체되어 있지 않고, 환기와 소통이 잘 된다는 점. 이 점이 그녀의 시집 전체를 흐르는 남다른, 참 좋은 핵심 기류인 듯하다.

언어를 잘 사용한다는 것은 단순히 생각을 드러내는 것이 아니라 다른 사람에게 생각을 잘 전달한다는 것이다. 그런 면에서 그녀는 해럴드 블룸이 말한 "모든 시는 간間-시이고, 모든 시 독해는 간-독해다"라는 걸 참 잘 활용하는 듯하다.

이렇듯 김양아 시인은 자신의 장기인 '간격'과 '가지런한 질서'를 잘 살려 '세상 바깥에 앉아 창문하기' 방식으로 누구에게도 털어놓지 못한 말을 시로 승화시켜 우리에게는 물론 자신에게도 고백한다. 그 고백은 하는 순간, 시인 자신은 물론 우리에게도 일탈(자기 성찰)의 기회를 주며 긴 여운을 남긴다.

언제나 수평을 유지하려는 물처럼

오늘도 받아든
하루의 봉투를 연다

길게 갈라진 먹빛 사이로
배어나오는 빛은

한순간 어둠을 희석시키고
습기 머금은 새벽의
고유한 필체는 금세 지워진다

계절이 펼쳐지기 전
한 발 앞선 초봄의 꽃망울처럼
때론 황홀하게
혹은 지난 밤 꿈처럼 안개로 가려진
그날의 서문이
오늘이라는 빈칸 위에 앉았다

어두운 장막을 뚫고 나오는
이 경이로운 서사는
깨어난 이들의 어깨 위에
새로운 하루를 가만히 내려놓는다

—「도착한 새벽」 전문

이 시에서처럼 그녀의 시에는 과잉이 없다. 어떤 면에서는 명료하다. 구조(간격과 가지런한 질서)가 문장의 모양새를 다듬고, 그 모양새가 표현력을 더욱 높였다. 아주 농밀하진 않지만 과잉된 감정 없이도 깔끔하게 '새벽'의 책무를 잘 표현했다. 어떠한 경우에도 수평을 유지하려는 물처럼. 아마도 그건 시인의 성품이 작용한 탓이리라. 어떤 상황에서도 초월의 필요성을 고집하지 않고, 자신의 입장은 자신이 정할 수 있는 자유를 고수하겠다는.

이처럼 우리는 시를 통해 누구에게도 할 수 없는 말을 아무에게도 하지 않으면서 동시에 모두에게 할 수가 있다. 시는 세상을, 자신을 보이게 하는 것이니까.

어떤 시인은 가면을 쓰기도 하고, 어떤 시인은 적나라하게 자신을 드러내기도 하지만 그녀는 항상 그 중간을 유지한다. 체험을 바탕에 두면서도 아주 내밀한 부분은 드러내지 않는다. 그런 시로서 아주 성공한 아름다운 시가 「꽃 발자국」이 아닌가 한다.

깎아낸 봄의 발톱이 반짝이며 떨어진다
치어 떼의 비늘 같은 연한 꽃비, 순간 눈앞이 밝아진다

흩뿌려지는 꽃잎 조각조각 떠오른 이야기
퍼즐처럼 끼워 맞추며 꽃그늘에 잠긴 오후
눈부시게 박제될 장면 한 귀퉁이에 흘린 내 뒷모습도 새겨졌다

때를 다한 것은 여지없이 허물어져 해체되고
어떤 시간의 파편은 날아와 날카롭게 박혀 오래 뽑히질 않는다

간혹 투명한 햇살에 얼핏 비치기도 하는
보이지 않는 것들의 공간, 저 허공에
촘촘한 발자국 찍는 꽃잎 따라 아득한 경계 너머를 엿

본다

—「꽃 발자국」 전문

그럼에도 그녀는 "아득한 경계 너머"가 궁금해 "묘지가 떠오르는/ 음울하지만 웅장한 배경음,/ Confusion will be my epitaph 같은/ 매혹적인 가사가 깔린 노래"(「마지막 한 줄은」)에 심취하기도 하고, "조심해, 여긴 숲이야/ 모든 감각을 쫑긋 세워야 해/ 동화와 미로가 잠복해 있는 미지의 세계/ 그 두꺼운 책을 열고 들어서는 건/ 꽤 낯선 일이야/ (…)/ 숲은 어디에나 있어/ 단어 끝에 붙인 '숲' 그 한 글자로/ 거긴 이미 무성해져/ 모여 있는 건 숲이라 부르잖아/ 어디든 깃들어봐/ 어느새 넓고 깊어진/ 나 자신을 만나게 될 테니까"(「숲이 되는 일」)라며 '어디든 깃들어보고 싶고, 가보고 싶은' 욕망을 은근슬쩍 내비치기도 한다.

나는 그녀가 자신이 쓰지 못한 말, 자신이 지워버린 말, 차마 쓰지 못하고 망설인 말, 망설이다 결국 버린 말, 그 모든 말에까지도 언젠가는 다소 도발적인 '창문하기'를 시도하고, 시도해주었으면 열렬히 바란다.

시인 각자에게 자신만의 시공간이 존재하고, 그 삶 또한 같은듯하면서도 서로 다르듯 우리 모두에게 좋은 시 혹은 각각에게 좋은 시는 분명히 있다. 그걸 찾아내고 취하는 건 스스로의 몫이라고 생각한다. T. S. 엘리엇의 표현대로 시 안에서 기억과 욕망을 고루고루 잘 섞는 것은 결코 쉬운 과정이 아니므로.

현대시세계 시인선 **168**

세상 바깥에 앉아 창문하기

지은이_ 김양아
펴낸이_ 조현석
기　획_ 김정수, 우대식
펴낸곳_ 북인
디자인_ 푸른영토

1판 1쇄_ 2024년 09월 27일
출판등록번호_ 313 - 2004 - 000111
주소_ 121 - 842 서울 마포구 서교동 460 - 34, 501호
전화_ 02 - 323 - 7767
팩스_ 02 - 323 - 7845

ISBN 979-11-6512-168-6 03810
©김양아, 2024

책값은 뒤표지에 있습니다.
저자와 협의 아래 인지를 생략합니다.

이 책은 2024년 한국예술인복지재단
창작준비 지원금으로 발간되었습니다.

이 책의 글과 그림에 관한 저작권은 저자와 출판사에 있습니다.
저자 허락과 출판사 동의 없이 내용의 일부를 인용, 발췌를 금합니다.